il te Plle

L'AMOUR

Ho! Ho! Ho!

La Dompteuse de ouaouarons

La Dompteuse de perruche, 1990
La Dompteuse de rêves, 1991
Des bleuets dans mes lunettes, 1992

Lucie Papineau

La Dompteuse de ouaouarons

roman

Boréal

Les Éditions du Boréal sont inscrites au Programme de
subvention globale du Conseil des Arts du Canada.

Maquette de la couverture: Rémy Simard
Illustrations: Pierre Berthiaume

© Les Éditions du Boréal
Dépôt légal: 1er trimestre 1993
Bibliothèque nationale du Québec

Diffusion au Canada: Dimedia
Distribution en Europe: Les Éditions du Seuil

Données de catalogage avant publication (Canada)

Papineau, Lucie

    La dompteuse de ouaouarons

    (Boréal junior; 26)

    Pour les jeunes.

    ISBN 2-89052-531-7

    I. Berthiaume, Pierre, 1956-   . II. Titre. III. Collection.

PS8581.A6658D65   1993   jC843'.54   C93-096230-3
PS9581.A6658D65   1993
PZ23.P37Do   1993

À mon père, Nadeau...
parce qu'il a toujours su que le rire
est la plus grande des vertus.

CHAPITRE 1

Il neige des papillons

Ce matin, la lumière a changé. Mes yeux ne sont pas encore ouverts et pourtant je le sens. Tout est plus blanc, plus cru, plus éclatant. La lumière traverse mes paupières. Mes yeux auraient-ils oublié de tirer leur couverture?

— Marcelle... Il neige, il neige!

Évidemment, Lulu saute sur mon lit, se cramponne à ma jaquette, exécute un triple saut, se catapultant directement sur mon mollet droit.

— Sale chromo! Tu ne vois pas que je dors encore?

—Tu ne peux pas dormir Marcelle, il neige!

Évidemment, il faut que je me tape trois mètres d'horrible plancher froid pour me rendre jusqu'à la fenêtre. Oh! Bien sûr que la lumière a changé. L'hiver est là, tout blanc, doux comme un duvet de froid, de froid, de froid...

Je déteste l'hiver. Les bottes, les pieds mouillés, l'autobus qui n'arrive jamais, le patin avec Geneviève Beauchamp qui patine toujours dix fois mieux que moi, le soleil qui passe son temps à dormir et l'école qui n'en finit plus de finir, comme un popsicle aux bananes qui ne fondrait jamais. À la longue, les bananes, ça écœure.

—Les filles... Debout! À la soupe!

Ça, c'est ma mère tout craché. Quand elle trouve une expression drôle, elle ne la lâche plus. Elle se la roule entre les dents comme une vieille gomme, elle se gargarise avec, elle passe son temps à nous la tartiner comme de la confiture à la citrouille qui s'étend mal. Même au risque de nous faire avaler de la soupe, à peine une minute après avoir mis un pied hors du lit...

— À quoi tu penses, Marcelle?

— Je pense que je vais te faire gober trois tasses de soupe aux grenouilles pour déjeuner, si tu continues à sauter sur mon lit!

— Au secours!

Je me catapulte quand même avec Lulu sur le matelas. Ça la fait rire et, quand elle rit, elle arrête au moins de me poser des tas de questions.

En guise de soupe, ma mère, Anne-Lyse, nous force à avaler des céréales ultra-nourrissantes et absolument sans aucun goût. Il paraît qu'on va l'en remercier plus tard, lorsqu'on aura des corps de déesse et des cerveaux de première ministre.

À peine cette potée avalée, il faut qu'on se recouvre d'au moins dix ou douze épaisseurs de tissus de toutes les couleurs. Anne-Lyse déteste quand une partie du corps humain de ses deux filles se retrouve toute nue, surtout dans le grand vent d'hiver. J'avoue qu'elle a au moins un peu raison, puisque moi aussi je déteste ça. Je préfère me faire caresser par le soleil d'été ou attraper le coup de foudre en faisant du ski nautique.

Ce n'est qu'au moment où nous sommes entièrement habillées, des pieds à la tête, que la torture commence vraiment. Sûrement sorti de l'imagination d'un horrible sadique, ce supplice consiste à marcher jusqu'à l'école avec sa petite sœur de sept ans. On peut difficilement imaginer quelque chose de pire, pour quelqu'un qui possède un âge aussi «pré-adolescent» que le mien.

Tout a commencé quand Lulu était à la maternelle. Dans ce temps-là, le trajet de la maison à l'école nous prenait environ vingt minutes. C'est que Lulu était affublée de ridicules petites jambes, qui faisaient de minuscules pas de souris. Ce n'était pas drôle mais au moins, c'était logique.

En première année, ses jambes avaient un peu allongé. On aurait pu se rendre à l'école en quinze minutes, au maximum. Enfin ça, c'est ce que je pense, car ce n'est jamais, au grand jamais, arrivé.

C'est à ce moment-là que la torture morale a réellement débuté. Lulu s'était mis dans la tête de collectionner n'importe quoi: des crayons qui n'écrivent plus aux yeux de caniches en peluche, tout l'intéressait! Et entre les deux, il existe un monde entier de souliers de poupée dépareillés, de bâtons de popsicle à demi cassés, de petits cailloux de couleur bizarre ou de dés à coudre jamais utilisés. Avec son œil de lynx, Lulu est partie à la recherche de ce qui n'intéresse personne.

Moi, si je ne voulais pas qu'on s'arrête presque à chaque pas, je n'avais pas le choix. Il fallait que je la remorque en la tirant par le bras, de toutes mes forces. En plus, il me fallait endurer ses cris de désespoir et passer pour une véritable sans-cœur devant tous mes amis. Et si j'avais le malheur de lâcher son bras, elle partait en courant, en sens inverse bien sûr, pour ramasser tous les pauvres petits objets délaissés... GRRRRRR!

Maintenant qu'elle a soi-disant atteint l'âge de raison, elle a presque terminé sa crise de collections. Bien sûr, elle ne peut résister à une vieille carte à jouer ou à un œil de caniche en peluche... Mais heureusement, on n'en rencontre pas très souvent.

Dix minutes, voilà le temps que ça devrait nous prendre pour aller à l'école. Pourtant, notre moyenne, c'est une demi-heure, même si les jambes de ma sœur ont au moins doublé de longueur depuis la maternelle. Pas logique? Évidemment que ce n'est pas logique, c'est encore un coup de Lulu!

Sa nouvelle manie, j'appelle ça les «luluneries». Quand elle voit traîner par terre un petit bout de n'importe quoi, elle ne le ramasse plus, non. Ce serait trop simple, voyons! Elle fait quelque chose de beaucoup plus compliqué: elle lui invente une histoire...

Admettons qu'elle rencontre un vieux morceau de tissu graisseux et non identifié. Elle commence par s'exclamer:

— Oh! Marcelle, regarde!

— Quoi?

— Une cape de ouaouaron magique!

Je me contente de hausser les épaules, en signe d'impuissance.

— Elle est jolie, tu trouves pas?

— C'est juste un vieux bout de chiffon dégueulasse.

— Mais non! Regarde, il y a un trou pour la tête du ouaouaron. Il doit l'avoir laissée là quand il s'est transformé en prince. Peut-être qu'un jour, il va revenir la chercher, sa cape...

— Misère! Comment est-ce que j'ai pu hériter d'une sœur aussi chromo? Dépêche-toi Lulu, on va être en retard!

— ... (Elle boude.)

— Tu viens?

— Si tout le monde était comme toi, Marcelle, je suis certaine que la cape perdrait tous ses pouvoirs magiques.

— J'ai dit: tu viens, Lulu?

— Non. Je boude.

— Ça, je m'en étais aperçue... Bon, bon, j'ai compris. Le vieux torchon est magique, on va s'arrêter pour le regarder chaque matin en allant à l'école et chaque après-midi en revenant. Et peut-être qu'un jour, on va renconter le Prince des ouaouarons...

— Marcelle, t'es super!

— Je sais, je sais... On peut y aller maintenant?

Ça, c'est un exemple d'attaque de lulunerie simple, courte et facile à calmer. Des fois, ça dure des heures! Je dois me retenir à deux mains pour ne pas l'étrangler ou la traîner jusqu'à l'école en la tirant par les cheveux. Surtout quand Geneviève Beauchamp, la meilleure en tout de ma classe, écoute notre conversation avec un sourire en coin. Un sourire qui veut dire: «T'as vu comme elle est bébé Marcelle Nadeau... Aussi bébé que sa sœur Lulu!»

Et quand Geneviève Beauchamp affiche un sourire comme ça, tu es certaine que toute la classe va être au courant. GRRRRRR...

Ce matin, ma sœur me fait encore le coup des luluneries. Je me sens pourtant un peu ramollie. Ça doit être à cause de la neige, blanche et douce, qui me réconcilie presque avec l'hiver.

Même que je dois avoir le cerveau aussi ramolli qu'une vieille carotte centenaire, parce que j'écoute sans broncher la nouvelle histoire de Lulu. Il faut dire que je la trouve pas mal, son histoire de papillons blancs endormis par le froid et tombés du nid. Je vais jusqu'à souffler sur sa mitaine, pour l'aider à faire voler les petits papillons de neige.

C'est alors que vlan! elle me fiche un couteau dans le dos.

— Yannick!

La voilà qui court vers mon ex-meilleur-ami, mon ex-partenaire-d'escapade, mon ex-confident-ultra-secret, mon ex-équipier-à-tous-les-jeux, mon ex-tout.

Les voilà qui se tiennent par la main, qui se déforment le visage par des sourires béats, qui se regardent avec des étoiles dans les yeux. Les voilà qui se racontent leurs vies dans des nuages de buée froide.

Qu'est-ce que tu peux faire quand ton meilleur ami t'avoue: je t'aime, et par écrit à part ça?* Tu l'épouses, vous vivez heureux et vous vous retrouvez avec un tas de reproductions miniatures de Lulu en guise d'enfants? NON! Tu lui dis: «On est amis depuis toujours et on sera amis pour toujours... Et il ne faudrait pas qu'un petit *je t'aime* vienne gâcher tout ça.»

En tout cas moi, c'est exactement ce que j'ai dit à Yannick. Résultat: il ne m'adresse plus la parole depuis cinq mois. Il ne me regarde plus depuis cinq mois. Il ne m'entend plus depuis cinq mois.

Je l'admire presque d'avoir réussi à bouder aussi longtemps. Moi, je n'aurais pas pu. J'aurais craqué, je lui aurais dit n'importe quoi, des bêtises peut-être, mais au moins j'aurais parlé.

Pas lui. Lui, je crois qu'à force de m'ignorer, il a réussi à me rayer de son cerveau complètement, entièrement et à jamais. Il a réussi à oublier jusqu'à mon nom, jusqu'aux centaines de mil-

* Pour en savoir plus long au sujet de cette déclaration d'amour, lire *La Dompteuse de rêves*, du même auteur, chez le même éditeur.

liers d'heures qu'on a passées ensemble. Je crois qu'il a réussi à ne plus m'aimer du tout.

Je déteste l'hiver et ses foutus papillons blancs. Je déteste attendre Lulu et ses luluneries à tous les coins de rue. Mais ce que je déteste le plus, c'est quand elle prend la main de Yannick et qu'ils me plantent là, sans un regard, sans un mot.

Des fois, mon cœur me fait mal, et je ne suis même pas fichue de savoir vraiment pourquoi.

Des fois, je suis la plus chromo des Marcelle Nadeau du monde entier.

Chapitre 2

Les garçons, c'est comme les ouaouarons

—À la soupe!

C'est seulement la troisième fois que maman dit ça aujourd'hui. Pour cette fois, ça passe, puisqu'il y a vraiment de la soupe verte qui fume de son haleine chaude dans nos assiettes.

—Qu'est-ce qu'il t'a dit Yannick, ce matin? que je demande à ma sœur, pendant qu'elle regarde amoureusement le gnome aussi vert que la soupe (sa perruche) qui lui picote le doigt, en roucoulant comme un chromo mécanique.

—Rien...

—Comment ça, rien! Je vous ai vus parler pendant au moins quinze minutes...

—Tu nous espionnes, ou quoi?

—GRRRRRR...

—Si c'est ça que tu veux savoir, eh bien on ne parlait pas du tout de toi! On a bien d'autres choses à se dire, Yannick et moi.

—Sale petite chipie!

—Les filles, je ne le répéterai pas trois fois: à la soupe!

Pendant une éternité, on mange sans dire un mot. J'ai envie d'ouvrir la fenêtre pour que Chouchou la perruche aille se perdre dans le ciel d'hiver. Il gèlerait au grand complet, exactement comme un papillon blanc. Puis, ploc! Il tomberait sur le pergélisol avec un bruit de ferraille rouillée.

Lulu, plus douée pour la lulunerie que pour la bouderie, me demande:

—À quoi tu penses, Marcelle?

—Je pense que j'aimerais bien envoyer ton Chouchou faire une petite promenade sur le pergélisol.

— C'est quoi, ça?

— C'est la terre du Pôle Nord qui est toujours gelée. Même l'été.

— Wow! Ça doit être beau!

Ça c'est du Lulu de première catégorie. Je lui invente une torture ultra-épouvantable pour son Chouchou, et tout ce qu'elle trouve à dire c'est: «Ça doit être beau...» Comment veux-tu bouder après ça? Même avec un cœur comme le mien, presque entièrement rempli de pergélisol, on peut parfois se sentir fondre devant une Lulu dans la lune. Même un cœur en pergélisol peut avoir envie, une fois de temps en temps, de raconter ses problèmes...

— Je vais te dire ce que je pense, Lulu. Les gars de ma classe, c'est une vraie bande de ouaouarons.

— Comment ça?

— Ils sont énervés comme des ouaouarons, ils sont collants comme des ouaouarons, ils sont bébés comme des ouaouarons, ils sont petits comme des ouaouarons, ils ont des voix de ouaouarons...

Ma mère, avec un sourire en coin, me coupe la parole.

— C'est vrai qu'ils sont comme les ouaouarons: il n'y en a plus beaucoup... C'est presque une espèce menacée! Il faudrait peut-être penser à les protéger!

— Quoi? Il n'y a pas beaucoup de garçons dans ma classe, c'est vrai, mais moi je trouve qu'il y en a déjà trop. Avant, au moins, il y avait Yannick qui n'était pas trop ouaouaron. Maintenant c'est fini, il fait partie du troupeau.

— Je sais ce qu'il faut faire! s'écrie Lulu avec un regard illuminé. Si tu ne veux plus que les garçons soient ouaouarons, t'as juste à les embrasser, et ils se transformeront en princes!

— Seigneur! T'es pas fatiguée d'inventer des luluneries à toutes les deux minutes... Est-ce que ça t'arrive, des fois, d'avoir le cerveau qui tourne rond?

Ma mère me regarde avec des gros yeux et Lulu ne dit plus rien. Elle donne des bouts de jambon à sa perruche carnivore.

Non, mais qu'est-ce qu'elle imagine? Que je vais me mettre à embrasser tous les garçons de ma classe, l'un après l'autre, en espérant qu'ils se transforment en princes charmants? J'aurais l'air d'une obsédée doublée d'une débile... Comment peut-elle croire à ces histoires à dormir debout?

— Marcelle, tu rêves? C'est l'heure de ton émission!

— Mais non... Tu sais bien que c'est à sept heures et demie.

Dans MON émission, il n'y a ni ouaouarons, ni princes charmants, ni aucune autre chimère de ce genre. Il y a une femme qui est amoureuse d'un homme et un homme qui est amoureux d'une femme. Et quel homme! Rien à voir, bref, avec le genre ouaouaron.

Pendant des semaines, ils ont été amoureux l'un de l'autre sans le savoir. Seigneur, c'était stressant! Et puis un jour, elle l'a embrassé. Et là, bing! Il s'est métamorphosé, comme d'un coup de baguette magique. Il est devenu si gentil avec elle, si attentionné, si drôle, si charmant, presque comme... un prince!

Ouais. Peut-être qu'elle a un petit peu raison, Lulu. Quand on embrasse un garçon-ouaouaron, il ne se transforme pas en garçon-prince-charmant, ça c'est sûr. Mais peut-être qu'il se met à changer. Peut-être qu'il devient plus... moins... Enfin, moins ouaouaron!

Peut-être qu'il arrête de se prendre pour le nombril du monde, peut-être qu'il s'aperçoit que les filles ne peuvent pas toutes être aussi tartes que Geneviève Beauchamp, peut-être même qu'il se décide enfin à grandir!

C'est décidé, je dois savoir. Et la seule façon de découvrir la vérité, c'est de procéder scientifiquement. Je vais faire une expérience: la première expérience scientifique sur la transformation des ouaouarons par le baiser. Hi hi!

D'abord, j'ai besoin d'un cobaye. Mais qui? François-le-pot-de-colle?

Misère, non! Je ne pourrai plus jamais m'en débarrasser. Simon Palatino, peut-être? Non et non, il rirait de moi jusqu'à l'an 2000 et toute la classe le saurait...

— Dis donc, Lulu... Si tu embrassais un ouaouaron pour le transformer, lequel tu choisirais?

— Ah... Tu me crois, maintenant?

— Mais non. C'est juste pour rire. T'as pas une idée?

— Bien... oui. Moi, j'embrasserais Yannick, ça c'est certain.

— Ah non! Lui, c'est un traître. Un fantôme. Il n'existe même plus.

— Parle pour toi.

— Chromo!

— Sale chipie!

— Bon, ça va. Qui d'autre?

— Hum... Peut-être le grand, tu sais, celui avec les yeux verts et le sac d'école mauve.

— Manuel Dubois?

— C'est ça!

Ouais. Il faut dire qu'elle a du goût, ma sœur. Le plus beau gars de la classe! Mais un des plus chromos, ça c'est sûr et certain. De toute façon, plus le cobaye est ouaouaron, plus l'expérience sera scientifiquement remarquable.

Donc, j'inscris dans mon agenda: Cobaye numéro 1 - Manuel Dubois. Bon! Maintenant que je sais qui sera la première victime, reste à savoir comment je vais réussir à l'embrasser, sans passer pour une obsédée et sans me ridiculiser. Pas tout à fait évident...

Chapitre 3

Le rapport entre un cours de natation et un baiser scientifique

Il y a autre chose que je déteste, l'hiver: les cours de natation. Pourtant j'adore me baigner l'été, sous le soleil, dans un lac, dans une rivière, ou bien dans la piscine de ma tante Ginette.

Mais l'hiver, dans une piscine intérieure pleine de chlore, avec ma classe au grand complet, c'est l'horreur! Surtout que Geneviève Beauchamp a toujours un plus beau maillot de bain que moi... En plus, mes cheveux, quand je les sèche avec le séchoir du vestiaire des filles, deviennent encore plus ridiculement frisés. Je sors de là avec une boule sur la tête, les yeux rouges et les oreilles bouchées.

GRRRRRR...

Et puis il faut bien que je l'avoue, je suis tout à fait patate en natation.

Aujourd'hui, pourtant, j'ai découvert une raison d'aimer les cours de nage: c'est mon Expérience Scientifique sur la Transformation des Ouaouarons par le Baiser. La seule, unique et ultra-secrète mission ESTOB, un nom qui n'est pas sans rappeler le coassement du ouaouaron... Si on le prononce de la bonne façon, bien sûr.

Quel rapport y a-t-il entre les cours de natation et un baiser à voler? Apparemment aucun... Sauf si l'on pense au rapport évident entre un cours de natation et la respiration artificielle!

Mais quel rapport y a-t-il entre la respiration artificielle et un baiser? Plusieurs... Premièrement, ça se donne sur la bouche dans les deux cas. Deuxièmement, si on ne fait pas

attention, une séance de respiration artificielle peut très bien ressembler à un baiser. Je le sais parce que dans MON émission, c'est ça qui a rendu Rénata jalouse. Elle pensait que son chum Richard avait embrassé une autre fille, alors qu'il lui avait tout simplement donné la respiration artificielle parce que la pauvre s'était électrocutée en installant les lumières d'un arbre de Noël.

Enfin.

Troisièmement, une respiration artificielle peut facilement se transformer en baiser, si on le désire vraiment. Ça, c'est moi qui le dis. Voilà pour les rapports entre la respiration artificielle et le baiser.

Si on procède scientifiquement, il faudrait aussi trouver le rapport entre la natation et le cobaye numéro 1. Et bien, par le moins grand des hasards, il se trouve que Manuel Dubois est le ouaouaron le plus sportif que l'école Saint-Gérard ait jamais accueilli! Il faut toujours qu'il soit le meilleur, le plus fort, le plus tout. Ce n'est pas pour rien qu'il s'entend si bien avec Geneviève Beauchamp...

D'où mon plan numéro 1, que j'ai inscrit dans mon agenda sous le titre: MISSION ESTOB — comment transformer un exercice de respiration artificielle en baiser scientifique. *Top secret*, bien sûr.

* * *

Nous sommes dans l'autobus qui nous ramène de la piscine et j'ai déjà réalisé les deux premières étapes de mon plan.

Premièrement: j'ai demandé à Manon Latourtière, la prof de natation, la date de notre examen. «Dans trois semaines, juste avant Noël.» Logique. Ensuite, je lui ai demandé quand on allait apprendre la respiration artificielle. Là, elle m'a regardée avec un drôle d'air, mais elle m'a répondu quand même: «la semaine prochaine». J'ai failli lui sauter au cou.

Deuxièmement: grâce à une manœuvre habile (j'ai dit à Geneviève

Beauchamp que ses nouvelles bottes étaient super, elle s'est arrêtée pour les regarder et j'en ai profité pour prendre sa place), je suis maintenant assise directement à côté du cobaye numéro 1. La conversation se déroule comme prévu:

—Je ne sais pas comment tu fais pour être aussi bon en natation, Manuel...

—C'est l'entraînement qui fait ça, me répond-il, l'air faussement modeste.

—Moi j'aime ça, nager... Mais c'est bizarre, dès que je mets les pieds dans un cours de natation, on dirait que je deviens complètement poche, entièrement patate. Et dire qu'on a un examen dans trois semaines!

—Comment tu sais ça?

—Je l'ai demandé à Manon Latourtière parce que j'ai peur de couler...

—Ouais. Va falloir que tu t'entraînes si tu veux réussir, Marcelle.

—Seigneur... Toi, je suis certaine que tu nages souvent pour être aussi bon...

— Oh oui! Il y a une piscine dans l'immeuble où j'habite.

Ça, Manuel, il y a longtemps que je le sais... Geneviève Beauchamp s'est assez vantée de la fois où elle est allée se baigner chez toi!

— Chanceux!

Je papillote des yeux en lui lançant un regard rempli d'admiration et de supplication, comme Rénata quand elle regarde Richard, dans mon émission.

— Si tu veux, tu pourras venir te baigner chez moi, après l'école. T'auras qu'à faire comme moi pour devenir la meilleure!

— C'est une idée, ça... Je peux y aller demain?

Hi hi! Il a foncé tête baissée dans le panneau du plan numéro 1, l'orgueilleux Manuel Dubois... Il ne faudrait pas qu'il oublie de bien ajuster son casque de bain, car ses jours de oua-ouaron sont comptés!

CHAPITRE 4

Comment transformer un exercice de respiration artificielle en baiser scientifique

16 h 24, le mardi 1er décembre. Troisième étape du plan numéro 1 de la mission ESTOB. Ça m'a pris trois quarts d'heure pour convaincre Lulu que je n'avais pas, mais pas du tout besoin d'un témoin. J'aime mieux ne pas penser à ce qu'il aurait raconté aux autres, Manuel Dubois, si j'étais arrivée chez lui encombrée de ma petite sœur de sept ans...

Enfin, me voilà seule avec lui, seule dans une piscine déserte. Le cobaye se tape présentement des longueurs à la vitesse de la lumière, en ayant l'air de ne se douter de rien. Je m'essouffle derrière lui, essayant sans succès de me concentrer sur ce que j'ai à faire. S'il arrêtait deux minutes, ça irait peut-être mieux...

Bon. Voilà qu'on fait des longueurs sur le dos. Manuel me crie d'aller plus vite, de tenir mes jambes bien droites, d'allonger mes bras et plusieurs autres chimères de ce genre. Si ça continue, je vais tomber dans les pommes, avaler la tasse et me retrouver dans le fond de la piscine. Eh! Ce ne serait peut-être pas une mauvaise idée, ça. Le cobaye numéro 1 se ferait sûrement un plaisir de me repêcher pour ensuite me donner... la respiration artificielle, quoi d'autre?

Pas le temps d'essayer, voilà qu'on fait des plongeons de départ. S'il pouvait s'assommer dans le fond que je procède moi-même à la réanimation! Mais non, on ne fait qu'entrer et sortir de l'eau, comme des dauphins mécaniques complètement déréglés.

Et voilà qu'on reprend les longueurs... Qu'on culbute en avant... En arrière... Qu'on touche le fond de l'eau avec le nez... Qu'on lance un ballon le plus loin possible et qu'on plonge pour aller le chercher le plus vite possible... Non mais, Manon Latourtière, c'est du gâteau à côté de Manuel Dubois!

Ah! Voilà enfin qu'on s'assied avec nos serviettes hawaïennes sur le dos. C'est le moment ou jamais! Sans même avoir repris mon souffle, je passe à l'attaque.

— Tu sais, Manon Latourtière... Elle m'a dit autre chose. Je ne sais pas si je devrais te le répéter...

— Quoi? Dis-le!

— Hum... Tu n'iras pas le raconter aux autres, j'espère?

— Promis.

— Bon. Au cours de la semaine prochaine, on va apprendre comment réagir à des situations d'urgence. Il va même falloir qu'on pratique la respiration artificielle pour l'examen.

— Pouah!

— C'est dégueulasse, je le sais... Mais qu'est-ce que t'aurais fait si je m'étais assommée en faisant un plongeon de départ?

— Bien... On va l'apprendre au cours de natation.

— Moi, je sais déjà ce qu'il faut faire!

Il me regarde de biais, à moitié surpris, à moitié déçu de ne pas être le meilleur, pour une fois.

— Où t'as appris ça?

— Au chalet de mon père. Il y a un lac, là-bas, et Charles nous a montré des trucs à faire en cas d'urgence. Quand il était jeune, il travaillait comme sauveteur pour payer ses études. Il m'a dit que c'est très dangereux de se baigner, si on ne connaît pas les trucs de sauvetage.

— En tous cas... Moi aussi je vais les savoir, bientôt!

— Si tu veux, tu pourrais le savoir avant tout le monde. Puis tu serais encore le meilleur de la classe!

— C'est vrai? Tu veux m'apprendre tes trucs?

Et vlan! Dans le panneau pour une deuxième fois. C'est presque trop beau pour être vrai...

Me voilà donc mimant la victime sans connaissance, pendant que le cobaye apprend à me remorquer doucement, tenant ma tête hors de l'eau. Pour faire plus vrai, je regarde le plafond avec les yeux croches et je sors la langue, en râlant comme une mourante. Ça fait rire Manuel, qui se met à m'arroser et à me chatouiller pour voir si les victimes de la noyade, ça rit. Je le tire par les cheveux et je lui pince le nez, jusqu'à ce qu'il plonge sous l'eau comme un dauphin pas du tout détraqué.

Zut! C'était pas prévu dans le déroulement de l'expérience, tout ça... Surtout pas qu'il m'attrape par la bretelle du maillot pour me remorquer près du tremplin, dans le but évident de me faire avaler la tasse.

GRRRRRR... Il m'énerve, à la fin, Manuel Dubois et ses ouaouaronne-

ries! Même qu'il m'a toujours énervée. Il n'y a que Geneviève Beauchamp qui rêve de l'embrasser pour vrai, malgré son titre de plus beau gars de la classe. Moi, j'ai de moins en moins envie de l'embrasser, bon.

Un peu de sérieux. C'est juste un baiser scientifique après tout. Je glisse comme un poisson d'eau douce entre ses mains, puis je me hisse hors de la piscine en demandant à Manuel de me suivre. Il bondit sur le bord dans une démonstration de force complètement ouaouaronne. Excellent.

Tout est prêt pour le moment de la transformation. Le cobaye est allongé sur le sol, dans la position de la victime sans connaissance. Il rit pour rien. Qu'est-ce qu'un ouaouaron pourrait faire d'autre, dans un cas comme celui-là?

Je dois procéder à la suite du plan avant qu'il ne soit trop tard. Je place sa tête dans la position de la respiration artificielle. Manuel gigote des pieds, mal à l'aise.

—Marcelle, il faut que j'aille souper... Ma mère va venir nous chercher si on reste trop longtemps.

Ah non! Ce serait le comble, ça... «Surprise en flagrant délit de respiration artificielle par la mère du cobaye, Marcelle Nadeau se fait sortir de la piscine par les oreilles.» Ce ne serait pas scientifique du tout!

Que faire? Rénata, elle, n'aurait pas hésité. Elle aurait dit: «Il est trop tard pour reculer, qui ne risque rien n'a rien, c'est en forgeant qu'on devient forgeron, il faut de tout pour faire un monde...» Ou quelque chose du genre.

N'écoutant que mon courage, je lance:

— Attends, c'est pas fini!

Sans lui laisser le temps de répondre, je lui pince le nez et je souffle un bon coup dans sa bouche.

— Pouah!

Il gigote comme un ver de terre perdu sur le pergélisol.

— Je te le dis Manuel, ça va compter pour un tas de points dans l'examen. Regarde bien comment je fais, ça va prendre deux secondes!

Il se calme un peu, je lui repince le nez et recolle mes lèvres sur les siennes. Cette fois-ci, je ne souffle pas du tout, pour que ça ressemble clairement à un baiser scientifique et non à une respiration artificielle.

J'attends un peu, avec l'impression que le ciel va me tomber sur la tête. Et pourtant... Il ne se passe rien, absolument rien. Au bout de trois ou quatre secondes (c'est assez puisque j'ai fixé à trois secondes la durée minimale du baiser scientifique transformateur de ouaouarons), le cobaye re-gigote, tourne sa tête et me dit:

—Me semble que ça n'a rien à voir avec la respiration artificielle, ça...

Toute rouge des oreilles, je marmonne:

—C'est juste le début, tu pratiqueras le reste avec Geneviève Beauchamp...

Puis je me catapulte vers le vestiaire des filles.

S'il avait été métamorphosé, sûrement que Manuel Dubois m'aurait demandé où je courais comme ça... Peut-être même qu'il m'aurait invitée à revenir me baigner avec lui... Peut-être qu'il aurait ramassé ma serviette pour la plier avec soin... Peut-être qu'il m'aurait prêté le dernier livre qu'il a lu... Peut-être qu'il aurait voulu essayer la respiration artificielle dans mon cou...

Mais non. Rien. Dans l'ascenseur, il a parlé, pour la centième fois, du jour où il a gagné le championnat de judo de sa catégorie.

C'est évident, Manuel Dubois est toujours Manuel Dubois. Dans mon agenda, je devrai écrire: la mission numéro 1 est un échec. Un échec entier et total.

Quelle idée elle a eu aussi, Lulu, de choisir un ouaouaron aussi désespérément chromo... Un ouaouaron qui pourrait recevoir tous les baisers du monde sans jamais quitter le troupeau des chromos.

GRRRRRR...

CHAPITRE 5

Les baisers d'amour,
ça ne court pas les rues

J'ai décidé de mettre fin à la mission ESTOB. C'est juste bon pour les petites filles de sept ans, des folies pareilles...

Heureusement, Manuel Dubois n'a pas ouvert son sac. Personne n'a l'air de savoir que je l'ai embrassé. À vrai dire, je pense qu'il ne s'en est même pas aperçu, dans sa ouaouaronnerie totale.

Il va peut-être avoir la surprise de sa vie, au cours sur la respiration artificielle. Il va voir qu'on ne passe pas du tout trois secondes et demie sans respirer, à attendre que le ciel nous tombe sur la tête...

La seule qui panique, c'est Geneviève Beauchamp, parce que je suis allée me baigner chez Manuel. Mais ça, ça ne me dérange vraiment, vraiment pas. Hi hi!

— Marcelle, qu'est-ce que tu fais?

— Rien. J'attends l'heure de MON émission.

— Si c'est comme ça, tu peux me raconter encore la respiration artificielle que tu as donnée à Manuel Dubois. C'est tellement drôle!

— Ah non, s'il te plaît... Ça fait au moins dix fois que je te la raconte.

Silence. Elle doit faire du boudin, une autre de ses spécialités, avec les luluneries.

— Tu le sais que ça n'a rien donné, Lulu. Il est toujours aussi complètement ouaouaron. Les histoires de princes charmants, le monde entier sait que ça marche, mais seulement dans les livres.

— Pffff... Moi je pense que ta

première mission, elle ne comptait pas. Ce n'est pas du tout un baiser de ce genre-là qui peut transformer un ouaouaron en prince.

— Ah bon. Et on peut savoir quelle sorte de baiser ça prend, madame la spécialiste?

— Bin voyons! Un baiser d'amour...

Ouais. Un baiser d'amour. C'est vrai que dans MON émission (qui commence archi-bientôt, il ne faut pas que je l'oublie), ce n'est pas un minable baiser de trois minutes et demie, style respiration artificielle modifiée, que Rénata a donné à Richard. Pas du tout.

C'était plutôt le genre baiser brûlant, enflammé, passionné, amoureux, romantique, sublime... exactement ce qu'on appelle habituellement un baiser d'amour.

Ouais.

— Dis donc, Lulu, tu en connais des choses, pour ton âge!

— Bof... TON émission, je la regarde, moi aussi.

* * *

Il y a des tas d'animaux qui changent de couleur en hiver. Un caméléon, ça change de couleur comme on change de chemise. Et il y a beaucoup, je dirais même énormément d'êtres humains qui changent d'idée comme on change de chaussettes...

Bref, je crois que la mission ESTOB est réactivée... avec un petit changement cependant. Elle s'appellera dorénavant ESTOBA: Expérience Scientifique de Transformation des Ouaouarons par le Baiser d'Amour.

Si on y réfléchit bien, il faut admettre que les baisers d'amour, ça ne court pas les rues. En plus, je n'ai personnellement jamais été très forte là-dessus. Enfin, j'ai peut-être eu le coup de foudre deux ou trois fois... Mais après ça: rien, nul, *nothing*. Mes oreilles deviennent rouges comme les chaises de la cuisine, je dis le contraire de ce que je pense et mes cheveux se dépeignent à la vitesse de la lumière. Et puis mon cœur bat à un rythme pas très catholique et pas tellement agréable, pour tout dire.

Si jamais l'heureux élu semble, malgré tout, avoir envie de me donner un baiser d'amour... Eh bien j'ai le cœur qui se ratatine, les oreilles qui blanchissent et le coup de foudre qui se dégonfle. Pffff! Envolé, l'amour avec un grand A! Bienvenu, le cœur en pergélisol!

Allez savoir pourquoi...

La vie, c'est pas vraiment comme dans MON émission. Rénata, elle, est une spécialiste du baiser d'amour. Je crois bien qu'elle pourrait en donner un devant deux cent millions de personnes, sans même rougir du bout des orteils.

D'ailleurs, ma mère le dit à chaque fois que Lulu part dans ses luluneries: «La vie, ma fille, ce n'est pas une pièce de théâtre, au cas où tu ne le saurais pas...»

Oh! La voilà, l'idée! Un baiser d'amour est tout à fait à sa place dans une pièce de théâtre... Et mercredi, par un hasard presque tiré par les cheveux (ou par la barrette), nous répétons le spectacle de Noël! Et, par un hasard encore plus incroyable, les deux vedettes de la pièce de théâtre se nomment: Marcelle Nadeau et Simon Palatino.

Et en avant les miracles de la science!

Ouais. Il y a quand même un petit problème. Ou même deux. La pièce de théâtre, elle parle des extra-terrestres. Et Simon Palatino, c'est un des oua-ouarons les plus tannants... et, il faut bien l'avouer, les moins chromos que je connaisse.

Ce ne sera pas de la tarte de lui faire avaler qu'un extra-terrestre, ça embrasse... Et pas n'importe comment! Non. Un extra-terrestre, ça donne des baisers d'amour brûlants, passionnés, sublimes.

Enfin.

CHAPITRE 6

Qui a dit que les extra-terrestres pratiquaient le baiser d'amour?

Non mais quelle idée j'ai eue de dire oui, quand Simon a suggéré que notre pièce parle des extra-terrestres... Un sujet typiquement ouaouaron, ça! J'aurais dû l'obliger à y ajouter un Roméo et une Juliette, ou une Rénata et un Richard. MON émission, il ne doit jamais la regarder, lui. Il est bien trop occupé à ouaouaronner!

Il faut dire que Simon, il n'est pas trop mal quand il s'agit d'inventer une pièce de théâtre. Il a toujours plein d'idées et il fait rire tout le monde.

Pour l'instant, nous portons tous notre sac à souliers sur la tête et nos visages sont entièrement barbouillés de rayures vertes. Le style extra-terrestre, quoi.

Nous (Geneviève Beauchamp, moi, Simon Palatino et trois autres ouaouarons) sommes les survivants d'un horrible naufrage intergalactique. Nous essayons tant bien que mal de passer incognito parmi les humains. En plus, nous voulons sauver la planète Terre d'une horrible catastrophe écologique: tous les arbres poussent maintenant à l'envers, les racines au soleil et les branches sous la terre.

Il faut qu'on trouve le moyen de reprogrammer les arbres avant qu'il ne soit trop tard. Et ce n'est pas notre seul problème! Il faut aussi qu'on rebâtisse notre vaisseau spatial pour pouvoir retourner sur notre planète, la planète Électron.

Bref, qu'est-ce qu'un baiser d'amour vient faire dans cette histoire?

Neutron (c'est le nom de Simon dans la pièce) marche sur les mains, afin d'essayer de sentir pourquoi les arbres poussent à l'envers. Ça fait rire tous les chromos avec leur sac à souliers sur la tête (en fait, ce sont des chapeaux cosmiques qui servent à cacher les énormes bosses des mathématiques que tous les Électroniens ont sur le crâne).

Sorbitole (c'est mon nom) dit à Neutron qu'elle a maintenant réussi à apprendre le langage des arbres, grâce au décodeur ultra-puissant qu'elle s'est fait poser dans l'oreille gauche.

Notre histoire en est là. Après, personne ne sait plus ce qui va se passer. Je tiens Simon par le pied (il est toujours debout sur les mains) et les autres sont assis en rond autour de nous. On cherche des idées. À quoi ça peut ressembler, le langage des arbres? À du chinois à l'envers? À des bruits de casseroles rouillées? À du vent dans les feuilles, peut-être?

Je me mets à souffler comme le vent du Nord, tout en me balançant la

tête pour imiter la danse de la feuille d'automne.

— Qu'est-ce que tu fiches là, Marcelle? me demande la tête cramoisie de Simon.

— Bin voyons! Tu ne vois pas que je parle le langage des arbres...

Je lui lâche le pied et il s'effondre dans un grand patatras. Je me mets à faire de la danse hindoue pour imiter le mouvement des branches, tout en sifflant de plus belle entre mes dents.

Les chromos avec leur sac à souliers sur la tête éclatent d'un grand rire. De ma voix la plus extra-terrestre possible, je proclame:

— Les arbres m'ont confié leur secret, Neutron. (J'ajoute deux secondes de danse hindoue et de souffle de vent afin de bien le convaincre.) S'ils poussent à l'envers, c'est parce qu'ils font la grève. Ils avaient beau crier de toutes leurs feuilles dans le vent, aucun humain ne les écoutait. (Un frisson d'angoisse parcourt les sacs à souliers.) Si les pluies acides continuent, tous les arbres mourront. Ils n'ont pas d'autre choix: ils ne recommenceront à pousser à l'endroit qu'au moment où les humains arrêteront toute la pollution qui cause les pluies acides. Pas avant!

— Wow, super! me lance Simon. C'est une idée géniale... Tu ne penses pas qu'on devrait inviter *Greenpeace* à notre spectacle, Marcelle?

Bon. La première étape de la mission ESTOBA est réussie. J'ai Simon Palatino dans la poche. Mais là, devant les quatre autres extraterrestres (dont Geneviève Beauchamp la pie), j'ai la deuxième partie du plan qui me reste coincée dans la gorge. J'imagine Sorbitole disant à Neutron:

— Maintenant que nous avons sauvé la planète Terre, pourquoi ne pas nous marier? Bâtissons notre vaisseau personnel et envolons-nous pour la planète Floridol...

Dans le moins pire des cas, Neutron répondrait:

— D'accord, chère Sorbitole. Nous formerons une excellente équipe.

Pas fameux... Mais c'est bien connu que les extra-terrestres, comme les ouaouarons, ne sont pas romantiques du tout.

— Marché conclu, Neutron. Et maintenant, embrassons-nous.

À ce moment-là, j'en suis certaine, Simon se mettrait debout sur les mains, pour me chatouiller l'oreille avec son pied. Un baiser extra-terrestre, quoi...

Ridicule. Et tout à fait inefficace lorsqu'il s'agit de transformer un ouaouaron en être humain potable.

Il faut trouver autre chose. Peut-être que Neutron et Sorbitole ne sont pas de vrais Électroniens. Peut-être qu'ils ont été enlevés à leurs parents terriens lorsqu'ils étaient tout petits. Et ces anciens parents-là, maintenant qu'ils sont revenus sur la planète Terre, vont les reconnaître à cause d'un signe étrange tracé sur leur poignet.

Comme ça, Sorbitole et Neutron vont apprendre la vérité. En enlevant leur sac à souliers, ils vont s'apercevoir qu'ils n'ont même pas d'énormes bosses des mathématiques sur la tête, comme les vrais Électroniens.

Et comme par hasard, c'est juste à ce moment-là qu'ils vont tomber amoureux et s'embrasser (dans un style tout à fait terrien).

— Mais non, dirait Simon. Ils ne peuvent pas tomber amoureux, puisqu'ils ont les mêmes parents...

Zut. Ridicule. Un bec sur la joue dans le style frère et sœur, c'est tout à fait inefficace quand il s'agit de transformer un ouaouaron comme Simon.

— Marcelle! T'es sourde ou quoi? Il faut qu'on pratique le langage des arbres... Souffle!

CHAPITRE 7

Un jour idiot

Aujourd'hui est un jour idiot. Notre prof, Gilles Gougeon, a tiré au sort les noms pour les équipes pour le concours de dessin. Une idée digne du dernier des ouaouarons.

J'aurais pu, au moins, attraper Simon Palatino. Mais non. Je me suis retrouvée avec le traître, le fantôme muet. J'ai nommé Yannick-le-sans-cœur.

On a dessiné sans dire un mot, sans se regarder, alors que tout le monde parlait et riait. En fait, c'était lui qui dessinait. Moi, je coloriais. Il faut admettre qu'en dessin, il n'y a personne de meilleur que Yannick Martin.

J'ai choisi les plus belles couleurs du monde. Je pensais qu'il me dirait quelque chose, qu'il me dirait «c'est beau»... Mais non. Rien. Un rien aussi total que quand j'ai respiré artificiellement le cobaye numéro 1.

J'aurais dû colorier les visages en vert, les yeux en rouge et les bouches toutes noires. J'aurais dû ajouter des sacs à souliers sur la tête de ses personnages, et même sur celle du chat. Peut-être que là, il aurait dit quelque chose. Peut-être pas.

Je gage qu'on va gagner ce concours idiot. Et je gage que pour Yannick Martin, ce ne sera pas assez. Pas encore assez pour recommencer à m'aimer.

Ce soir, j'ai le pergélisol qui fond, qui fond, qui aurait presque envie de couler par mes yeux. Mais ça ne paraît pas. Personne ne le sait, même pas Lulu.

Pourtant, ce soir, si elle veut dormir dans mon lit, je ne dirai pas non.

Je crois même que si le gnome vert qui lui sert de perruche voulait dormir dans mon lit, eh bien je ne dirais pas non.

Demain, Simon Palatino va tomber directement dans le piège final du plan numéro 2. Et il ne sera jamais plus le même, parole de Marcelle Nadeau.

— Marcelle, raconte-moi encore la respiration artificielle...

— GRRRRRR!

CHAPITRE 8

Le héros qui choisit la Terre

Le cobaye numéro deux est presque prêt pour la dernière étape de la mission ESTOBA. La préparation a été facile, je l'ai tout simplement flatté dans le sens du poil (tous les ouaouarons aiment ça):

— Tu sais que tu avais raison, l'autre fois, Simon!

— Ah oui?

— Je pense que notre pièce est tellement bonne qu'on va pouvoir inviter plein de monde au spectacle. Je suis même certaine que nous allons être les meilleurs de la classe.

—Ça, c'est très facile!

—Pas si sûr... Manuel Dubois m'a dit qu'ils ont eu des tas de bonnes idées, eux aussi.

—Et tu l'as cru?

—Bien... Je ne sais pas... Ça m'a fait réfléchir, en tout cas. Et je me suis aperçue qu'il manque quelque chose de très important, dans notre pièce. Quelque chose qui pourrait la rendre bien meilleure que toutes les autres.

Simon m'a regardée avec un énorme point d'interrogation dans les yeux. Excellent. J'ai donc continué:

—Ce qui manque, c'est l'amour!

—Voyons! Ç'a pas rapport...

—Tu penses? Rappelle-toi chacun des films d'action que tu as vus dans ta vie... Est-ce qu'il n'y avait pas toujours au moins un peu d'amour? Ça change tout l'amour, ça rend plus... plus humain, quoi!

—Oui, mais nous sommes des extra-terrestres...

—Justement, j'ai une idée.

C'est comme ça que je lui ai raconté mon histoire d'enfant terrien enlevé par les Électroniens (version améliorée). Au début, il l'a trouvée patate. Mais quand je lui ai dit que le seul enfant terrien, ce serait lui, Neutron... Et quand j'ai ajouté que comme ça, il serait vraiment la vedette de la pièce... Eh bien il a trouvé ça tout simplement génial! Même qu'il imaginait déjà les panneaux-réclame:

L'extra-terrestre qui a sauvé la Terre de la catastrophe écologique était en fait un Terrien disparu et retrouvé vingt ans après par ses parents éplorés...

— On voit d'ici l'effet bœuf que ça va produire sur le public. C'est pas pour rien que tu as une grosse tête, Marcelle Nadeau!

— C'est pas ma tête, c'est mon toupet! Bon... Écoute-moi bien, Simon: c'est à ce moment-là que l'amour va arriver, comme la cerise sur le sundae.

— Ouais... Peut-être que je pourrais tomber amoureux de la fille du président des États-Unis? Et Geneviève Beauchamp pourrait jouer le rôle, en plus du sien...

—NON! Ce serait complètement ridicule et tiré par les cheveux. Moi je pense que ça prend un amour triste, romantique et déchirant. Penses-y... Si on découvre que tu es un Terrien, tu vas vouloir rester sur la Terre, avec tes parents. Mais nous, les Électroniens, on va repartir pour notre planète, dès que notre vaisseau sera reconstruit.

—Je ne vois pas ce qu'il y a de si déchirant, là-dedans.

—Ah non? Et si tu étais amoureux fou d'une Électronienne avec qui tu as grandi, que tu connais depuis toujours...

—Toi?

—Bin oui, moi... Enfin, je veux dire Sorbitole! Imagine le drame: tu dois choisir entre ta fiancée et tes parents, entre l'amour et la patrie...

—Et qu'est-ce que je choisirais?

—Voyons: tu choisirais la Terre! Ce sera tout à fait déchirant, en plus d'être écologique...

Et vlan! Dans le panneau, le cobaye numéro 2. Il se voit déjà en héros écolo-romantique, entamant sa carrière internationale...

Le plus difficile reste quand même à faire. Tous les ouaouarons à tête de sac à souliers trouvent mon idée excellente, j'ai sondé le terrain. Tous, sauf Geneviève Beauchamp, évidemment. On dirait que son but dans la vie, c'est de dire exactement le contraire de ce que je pense. Bof.

Elle n'a rien à dire de toute façon, parce que je sais maintenant que Simon Palatino ne changera pas d'idée: il sera le héros qui choisit la Terre! Il sera le héros qui va me coller un baiser d'amour devant tout le monde...

Ouah! Je ne pourrai jamais le convaincre de faire ça devant tous les ouaouarons... Moi-même je n'ai pas du tout envie de faire ça devant tout le monde...

Ça y est, j'ai trouvé. C'était ça, le hic: devant tout le monde. Je n'ai plus qu'à attendre la fin de la pratique. Et là, bing! je vais le transformer, comme d'un coup de baguette magique.

Dans le plus grand des secrets.

Évidemment, Geneviève Beauchamp, prend une demi-heure pour se
démaquiller. Ça ne sert à rien de rester ici, on ne sera jamais seuls. Je dis
au cobaye que j'ai une autre idée fan-
tastique pour la pièce, mais que je
veux la lui dire en secret.

En deux temps, trois mouvements,
on s'habille puis on file jusqu'à chez
moi. Enfin, presque jusqu'à chez moi,
puisqu'on s'arrête dans le corridor qui
mène à l'appartement 6.

— C'était bon ce qu'on a pratiqué,
Simon. Mais ce n'était pas assez. Il
manque encore quelque chose.

—Quoi?

—Un baiser. Un baiser d'amour!

—Pardon?

—Mais oui... Quand les Électroniens montent dans le vaisseau spatial, Neutron leur fait un signe de la main, c'est tout. Ça ne peut pas finir comme ça! Si Neutron et Sorbitole s'embrassent, ce sera beaucoup plus déchirant.

—Bof.

—Peut-être qu'on pourra inviter la presse. Mon oncle est journaliste, tu sais...

—Ah oui!

Bon signe: les yeux du cobaye se remplissent peu à peu d'étoiles. Ce n'est pas le moment de reculer.

—Tu sais, Simon, les baisers d'amour, ça produit toujours un effet monstre sur les critiques des journalistes.

—Peut-être, mais il va falloir que je t'embrasse devant tout le monde! Je vais faire rire de moi pendant des années...

— Mais non... Ils vont être jaloux, c'est tout. Surtout si on se donne un vrai baiser d'amour.

Le cobaye semble hésiter, se dandinant d'un pied sur l'autre. On dirait que tous les cobayes gigotent des pieds, au moment crucial. Je le regarde de haut (ce n'est pas difficile, il m'arrive à peine au menton).

— Si on n'essaie pas, Simon, on ne le saura jamais.

— Peut-être qu'on pourra l'essayer à la dernière pratique. Je vais y penser...

— Mais non! Il faut essayer maintenant... Tu sais bien qu'à la pratique, il y a trop de monde. Tu n'as qu'à dire ta dernière réplique, celle où tu m'avoues ton amour. Puis après on essaie le baiser.

Incrédule, les yeux ronds comme des pleines lunes, Simon me demande:

— Maintenant? Ici?

— Tu connais un meilleur endroit?

Il regarde à gauche, à droite, puis hausse les épaules.

—N'oublie pas, ça prend un vrai baiser d'amour.

—À vos ordres, capitaine Nadeau!

Je ne pourrais pas le jurer, mais on dirait bien que Simon Palatino a un petit sourire en coin. Serait-ce un des signes annonciateurs de la transformation? Oh! Le voilà qui commence sa dernière réplique, la plus romantique (qui lui a été suggérée par Marcelle Nadeau, en personne):

—Sorbitole... Ne va pas croire que je suis heureux de te quitter. Je choisis la Terre, mais n'oublie pas que je t'aimerai toujours.

Et vlan! Je me catapulte dans ses bras. Et boum! Je lui passe une main derrière la tête et une autre derrière le dos, au cas où il aurait l'idée d'arrêter avant la fin des trois secondes réglementaires. Puis, dans un élan digne de Rénata, j'écrase ma bouche contre la sienne. Un, deux, trois, quatre...

—Marcelle!

Ce n'est pas vrai... C'est Lulu! Mais pourquoi faut-il qu'elle traîne continuellement dans mes pattes, celle-là...

Elle m'espionne, ou quoi? Elle sait bien, pourtant, que je suis en mission ultra-secrète.

— Viens Lulu, on s'en va.

Ça y est. Le ciel vient de me tomber sur la tête. La voix de mon ex-meilleur-ami, de mon ex-partenaire-d'escapade, de mon ex-confident-ultra-secret, de mon ex-équipier-à-tous-les-jeux, bref, la voix de Yannick Martin vient de sortir de l'ombre. J'avais oublié, dans mon plan de dernière minute, qu'il n'est pas mon ex-tout. Il est toujours mon voisin de palier!

Pourquoi n'y ai-je pas pensé? Pourquoi? Comme un automate, je marche vers la porte de l'appartement.

— Marcelle, qu'est-ce que tu fais?

Je me retourne d'un bloc, les oreilles plus mauves que rouges.

— Le baiser d'amour, Simon Palatino, t'es mieux d'oublier ça. Ce n'était vraiment pas une bonne idée. J'aurais l'air de quoi, en train d'embrasser un gars qui m'arrive au menton?

Et paf! Je claque la porte derrière moi.

CHAPITRE 9

Un soir idiot

Chouchou me picote le nez et je ne réagis même pas.

— Qu'est-ce que tu as, Marcelle? Tu n'es pas malade au moins?

— Mais non, maman. Je n'ai rien.

Lulu rentre enfin, un sourire béat étampé sur son visage de petite chipie. Je la remorque jusqu'à ma chambre.

— Qu'est-ce que tu faisais dans le corridor avec Yannick? Tu savais que j'étais en mission!

— Mais tu ne m'avais pas dit que tu voulais l'embrasser dans le corridor...

— Pensais-tu que j'allais l'embrasser devant Geneviève Beauchamp?

— Pourtant, tu ne t'es pas gênée pour l'embrasser devant Yannick Martin...

— Chromo!

— Chipie!

— Affreux gnome!

Elle hausse les épaules, l'air de dire: tes insultes, je les ai déjà entendues. Elle a même l'air de s'amuser. D'un air de souris curieuse, elle me demande:

— Et puis... Ç'a marché ou non?

— Quoi?

— La transformation, voyons!

— Ah, ça... Je ne sais pas.

— Il me semble que tu le saurais, si ta mission avait marché. Est-ce qu'il a grandi, Simon?

— Tu sais bien que ça n'arrive pas d'un seul coup, comme ça...

— Alors ça n'a pas marché.

— Je ne pense pas. Moi, en tous cas, ça ne m'a rien fait. Absolument rien.

— Je le savais, Marcelle... J'étais certaine que ça ne marcherait pas.

— Et pourquoi ça?

— Ce n'était pas un vrai baiser d'amour.

— Comment ça, pas un vrai? Il m'a juré un amour éternel, je l'ai pris dans mes bras et le baiser a duré au moins quatre secondes. Qu'est-ce que tu veux de plus?

— La vie, Marcelle Nadeau, ce n'est pas du théâtre, au cas où tu ne le saurais pas.

— Ça y est... La voilà qui répète les célèbres phrases de maman.

— Un baiser d'amour, ce n'est pas un baiser de théâtre. Tu aurais dû y penser.

— Toi, Lulu-je-sais-tout, c'est toujours APRÈS que tu me le dis. Ah, et puis de toute façon, je m'en fiche. Je ne veux plus rien savoir des ouaouarons.

— Et Yannick, lui?

— GRRRRRR!

Si elle pense qu'elle va dormir dans mon lit, ce soir, eh bien elle se met trois doigts dans l'œil, la Lulu.

Son Yannick, il y a presque six mois qu'il ne me parle plus, qu'il ne m'en-

tend plus, qu'il ne me voit plus. Mais ce baiser-là, il l'a bel et bien regardé, c'est certain. C'était peut-être juste un baiser de théâtre, mais d'après moi, vu de l'extérieur, ça ressemblait exactement à un baiser d'amour. Passionné, enflammé, brûlant. Seigneur, qu'est-ce qu'il va penser de moi?

S'il n'avait pas cessé de m'aimer complètement et à tout jamais... Eh bien maintenant, c'est fait.

Les garçons, c'est rien qu'une bande de ouaouarons. Tous les garçons, sans exception.

CHAPITRE 10

La mission
de la dernière chance

Lulu et moi, on a décidé de mettre en branle le dernier des derniers des plans de la mission ESTOBA. Ça nous a pris du temps (au moins six heures et demie), mais nous nous sommes réconciliées. Il y a déjà assez de mon voisin de palier (je ne m'abaisse plus à prononcer son nom) qui boude depuis six mois...

Ce plan-là ne peut pas rater. J'ai réfléchi en long et en large, et j'ai trouvé ce qui a cloché lors de mes deux autres missions. Si un cobaye reçoit un baiser d'amour sans être amoureux, c'est mathématiquement impossible que ça fonctionne. Comment un oua-ouaron pourrait-il se transformer s'il ne ressent rien, absolument rien? S'il a accepté de se faire embrasser à cause d'un cours de natation ou pour une pièce de théâtre, ça ne compte pas.

Lulu, elle a trouvé que j'avais raison à 100 %. Nous nous sommes donc mises à la recherche d'un cobaye amoureux. Ça n'a pas pris plus de deux minutes: François-pot-de-colle a été désigné comme le cobaye par excellence. Il est amoureux de toutes les filles, avec un petit faible pour celles qui ont des taches de rousseur, les cheveux noirs et un toupet extrêmement frisé. Et comme je suis la seule dans la classe à posséder toutes ces caractéristiques...

J'ai quand même dit à Lulu que c'est jouer avec le feu. François ne me laissera plus une seule seconde pour respirer en paix après ce baiser d'amour fatidique. Comment pourrait-il en être autrement?

— Mais non, Marcelle... Il va être complètement transformé! Il ne sera plus ouaouaron, donc il ne sera plus collant...

— Et si ça ne marche pas?

— Je te connais assez pour savoir que tu es capable de t'en débarrasser... Simon Palatino lui-même ne te parle plus du tout, sauf dans la pièce de théâtre!

Ouais. Il faut dire que quand je le veux, je réponds aux ouaouarons par la bouche de mon canon... Mais elle aurait pu choisir un autre exemple, Lulu. Enfin. Un ouaouaron de plus ou de moins qui boude, ça n'a jamais fait de mal à une Marcelle Nadeau.

Voici donc en quoi consiste le plan numéro 3, qui est, soit dit en passant, le plus ingénieux, le plus sérieux, le plus scientifique et le plus risqué de tous les plans:

1. Ce plan est le dernier de la mission ESTOBA. S'il rate, nous saurons que le baiser d'amour est tout à fait inefficace en matière de transformation des ouaouarons. Nous saurons

qu'un ouaouaron, même amoureux, ne pourra jamais jouer dans MON émission.

2. Le plan numéro 3 sera réalisé en équipe (une primeur mondiale en matière de baiser scientifique). Les deux scientifiques participantes seront: Lulu et Marcelle Nadeau. Bien entendu, Marcelle Nadeau détient le titre de chef de mission et c'est elle qui procédera au baiser.

3. Toutes les étapes du plan se dérouleront à l'extérieur, sur le sol glacé. Les scientifiques devront donc être habillées très chaudement, si elles ne désirent pas être transformées en martyres de la science.

4. Le dictionnaire dit seulement que le ouaouaron est une «grenouille géante, particulière à l'Amérique du Nord, pouvant atteindre 70 cm de long, et dont le coassement ressemble à un meuglement»*. C'est bien intéressant de savoir qu'un ouaouaron, ça

* Définition tirée de: *Le Robert, dictionnaire québécois d'aujourd'hui, 1992*.

meugle, mais ça ne nous apprend rien sur son comportement amoureux. C'est pourquoi les deux scientifiques devront espionner le cobaye, afin de connaître ses us et coutumes et de déterminer s'il est bel et bien amoureux.

5. Une fois la preuve de l'amour établie, les scientifiques suivront le cobaye numéro 3 afin de savoir où il habite. Elles étudieront ensuite avec soin l'itinéraire qu'il emprunte pour revenir de l'école, chaque après-midi.

6. L'équipe pourra ainsi choisir le meilleur endroit pour la réalisation du plan. Cet endroit devra être tranquille, discret, et surtout hors du champ de vision de tous les autres ouaouarons.

7. Lorsqu'arrivera le jour E (pour ESTOBA), la chef de mission (moi), quittera l'école en courant afin d'arriver à l'endroit du guet-apens, avant le cobaye. Ensuite, elle s'étendra dans la neige, dans la position bien connue de la victime sans connaissance.

8. La deuxième scientifique (Lulu), servira d'appât. Elle attendra le

cobaye au coin de la rue et, lorsque celui-ci se manifestera, elle se mettra à crier (dans le style sœur prise de panique). Elle attirera ensuite le cobaye à l'endroit secret, en lui disant que sa sœur bien-aimée s'est assommée en glissant sur la glace. Elle pourra aussi ajouter, d'une voix caverneuse, que Marcelle est peut-être morte.

9. Lorsque le cobaye sera juste à côté de la fausse victime, Lulu dira: «Il faut faire quelque chose!» Si le cobaye veut aller chercher de l'aide, elle le suppliera d'agir tout de suite. «Sinon, il sera trop tard.»

C'est à ce moment critique qu'elle va lui suggérer la bonne vieille technique de la respiration artificielle. Une technique de sauvetage que tous les ouaouarons ont apprise, comme par hasard, au bon vieux cours de natation.

10. Si le cobaye est VRAIMENT amoureux, il va lui-même, de son plein gré, transformer la respiration artificielle en baiser d'amour. Ce qui aura

pour effet de le transformer en oua-ouaron, formule améliorée.

À noter: D'un commun accord, les scientifiques ont décidé qu'une transformation en ouaouaron amélioré, plutôt qu'en être humain charmant, suffira pour faire de l'expérience une réussite complète. Il est inutile de viser trop haut.

D'après ma mère, c'est quand on tombe de haut qu'on se fait le plus mal.

Chapitre 11

Mission accomplie!

Ça y est, c'est le jour E. Le lieu que nous avons choisi pour le piège final est une ruelle déserte, juste à côté de la rue où habite le cobaye. Je suis maintenant couchée dans la neige froide, dans la position de la victime sans connaissance.

Mon cœur bat dans mes oreilles, à la vitesse d'un cœur de perruche détraquée. Mon cœur est un imbécile, comme d'habitude.

Jusqu'à présent, tout s'est déroulé comme prévu. Le cobaye, après un espionnage intensif, s'est révélé très amoureux. Je l'ai quand même un peu aidé en m'asseyant près de lui à la bibliothèque, en le choisissant systématiquement pour les travaux d'équipe, en lui souriant chaque fois que je le pouvais, même quand ça n'avait pas rapport.

Et, chaque fois, il m'a répondu par un sourire.

Puis, summum des summums, je me suis placée à côté de lui pendant le cours de natation. Comme par hasard, on s'est retrouvés en équipe quand le moment est venu de pratiquer les trucs de sauvetage. Rendus à la respiration artificielle, c'est lui qui avait les oreilles toutes rouges. Il ne le sait pas encore, mais il a reçu un avant-goût de son baiser d'amour. Une avant-première de sa transformation!

Évidemment, Geneviève Beauchamp a remarqué mes petits manèges. Elle voit bien que je ne suis plus la même avec François-pot-de-colle. Évidemment, toute la classe est maintenent au courant. Mais personne ne sait si je suis amoureuse de François ni, surtout, si François est vraiment amoureux de moi. Personne n'a de preuves.

Personne, sauf Lulu, qui est allée espionner dans son pupitre pendant que nous étions au cours de natation. Une idée de génie et un miracle humain, il faut bien l'avouer. Sur un petit papier bleu, caché tout au fond, sous les cahiers, le cobaye avait écrit: J'aime M.

Seigneur.

J'ai vérifié, il n'est pas fou des hamburgers de chez McDo, le cobaye. Vraiment pas fou du tout.

C'est donc de Marcelle Nadeau qu'il est amoureux. Excellent. Enfin, excellent du point de vue scientifique. Il ne faudrait pas croire que, pour moi, il y ait autre chose...

Deuxième miracle humain: il n'y a eu qu'une seule petite et minable chicane entre les deux scientifiques. Ce n'était même pas une chicane, juste un désaccord à propos d'un petit détail.

Moi je disais qu'une victime sans connaissance, ça doit avoir les yeux ouverts et croches. Lulu a prétendu qu'avec les yeux ouverts, j'allais, à coup sûr, attraper le fou rire.

— Peut-être, que je lui ai répondu, mais est-ce que le cobaye va vraiment croire que je suis dans les pommes?

— Écoute, Marcelle. Il est tellement ouaouaron qu'il ne verra pas la différence. Est-ce qu'il le sait, lui, qu'une victime sans connaissance doit avoir les yeux ouverts, et croches en plus? Dans TON émission, Rénata a dit que l'amour était aveugle...

Bref, je suis couchée sur un sol qui ressemble à s'y méprendre à du pergélisol, et j'attends que ma sœur se mette à crier (dans le style crise de panique). Plus les secondes passent, et plus j'ai l'impression que ça ne marchera pas. François-pot-de-colle va sûrement se donner une jambette à lui-même et me tomber en plein sur le front. Je n'aurai pas juste l'air d'une victime sans connaissance, je vais en devenir une, pour vrai!

Même s'il ne s'écrase par sur moi, je ne suis pas si sûre qu'il me collera un baiser d'amour brûlant, François-pot-de-colle. En observant son comportement amoureux de ouaouaron, je me suis aperçue qu'il devient très timide, chaque fois que ça commence à ressembler à de l'amour.

Et puis le papier qu'elle a trouvé, Lulu, je ne l'ai même pas vu... Elle l'a laissé dans son pupitre, pour ne pas qu'il s'aperçoive de l'espionnage. Si ça se trouve, ça voulait peut-être dire j'aime Martine (il y a une Martine Laplante dans une autre classe)... Ou j'aime Minou (un petit nom ouaouaron qu'il a peut-être inventé pour Geneviève Beauchamp)!

Seigneur. Je n'ai entendu aucun meuglement et pourtant il y a des bruits de pas qui viennent vers moi. Et si ce n'était pas Lulu... Et si c'était Manon Latourtière qui, après un horrible massage cardiaque, va s'apercevoir que je ne suis pas du tout dans les pommes... Au secours!

Mais non, c'est Lulu, puisque j'entends sa voix qui dit, presque tout bas:

— Regarde! Elle est là... Vite, vite,

fait comme je t'ai dit, donne-lui la respiration artificielle. Moi je vais aller chercher du secours!

Déjà? Oh! J'ai l'impression que mes oreilles sont en train de devenir vertes... Je sens le souffle chaud de François qui glisse sur ma joue. Seigneur! Il passe sa main derrière ma nuque, comme dans les cours de natation, puis...

Oh! Je vois des étoiles, des soleils, des planètes, des galaxies, des univers! Il ne prend même pas la peine de me respirer artificiellement... Non. Il me colle un baiser. Un vrai de vrai baiser d'amour enflammé qui dure au moins six secondes. Ou sept. Ou huit. Je ne sais plus, je vois trop d'étoiles.

Toute surprise, j'ouvre les yeux pour apercevoir...

— Yannick!

— Lui-même... En chair et en os!

— Seigneur, il parle, en plus...

Dans ses yeux, il y a les mêmes étoiles que dans les miens.

Épilogue

Yannick Martin et Lucille Nadeau sont deux traîtres. Ils s'étaient ligués pour tout arranger d'avance dans cette histoire de guet-apens. Le cobaye numéro 3, c'était moi!

Eh bien, cette fois, la transformation a dû marcher parce que je n'ai même pas réussi à bouder. Après avoir vu des étoiles, j'avais le cœur tout mou, complètement patate. Je me suis rendu compte que j'avais fait une erreur: mon cœur n'est pas du tout rempli de pergélisol.

Heureusement, le petit papier *J'aime M* n'a jamais existé, sauf dans l'imagination des deux comploteurs. Et